Mais que uma empregada doméstica

Imprimir

Título do livro: Mais que uma empregada doméstica
Autor: Daniel Martínez

Autor: Daniel Martínez
Contato: ireact898337@gmail.com

Mais que uma empregada doméstica

Escrito por
Daniel Martinez

Índia
2024

CONTEÚDO

Capítulo 1

Capítulo 2

Capítulo 3

Capítulo 4

Capítulo 1

Espero não estragar tudo.

Essa única frase ecoou em minha mente enquanto eu caminhava pelo caminho da floresta no crepúsculo de um lindo dia de junho. Os pássaros cantavam, as rodas da minha mala rangiam e meu coração batia forte. Aos 24 anos, recém-saído da faculdade, minhas preocupações mudaram drasticamente desde a formatura. Não mais preocupado com quilos extras ou trabalhos de curto prazo, agora estava focado em encontrar dinheiro suficiente para comida e abrigo. Minha graduação foi em uma área saturada que exigia pelo menos um ano de estágios não remunerados para ser considerado para um cargo remunerado. Eu estava falido e não podia esperar tanto tempo.

O caminho que percorri levou à propriedade Carawell, um nome bem conhecido na minha parte da Nova Inglaterra pela sua riqueza e por um escândalo envolvendo o desaparecimento do seu filho pequeno há quinze anos. Victor Carawell era uma lenda no ramo de corretagem, conhecido por sua estranha série de investimentos bem-sucedidos que geraram imensa riqueza. Alguns o acusaram de trapacear, enquanto outros elogiaram sua inteligência e sorte. Eu nunca o conheci, então não tinha opinião. Para mim, ele era meu futuro empregador e minha passagem para aumentar minhas economias. Fui contratada como uma das muitas empregadas domésticas do Sr. Carawell.

Tive alguma experiência em limpeza em um emprego de meio período na faculdade. Nunca foi na escala de servir um multimilionário, mas meu amigo e ex-colega de classe James atestou minha posição. Ele trabalhava nos estábulos desde que se formou, um ano antes de mim. Saber que eu tinha um rosto amigável nesta mansão escondida me confortou, embora meu coração ainda batesse forte.

Quando cheguei à porta da frente da mansão, eram 6h15, um quarto de hora depois do horário programado de chegada. Ao bater na porta, preparei várias desculpas para o meu atraso. O ônibus estava atrasado, a caminhada desde a estrada principal demorou quase dez minutos – era difícil chegar a esse lugar. Mas antes que eu pudesse tocar a campainha, uma mulher apareceu. Ela parecia distinta: cabelo perfeitamente repartido, suéter cinza caro, saia lápis preta justa e os saltos mais altos que eu já tinha visto. Ela não disse uma palavra inicialmente, apenas me olhou com atenção, fazendo-me sentir uma presa.

"April Thompson?"

"Sim, senhora. Peço desculpas pelo meu atraso, eu..."

"Não importa. Serei seu supervisor. Você pode me chamar de Helen. Venha, vamos avaliar você. Esperamos terminar na hora do jantar.

Helen me conduziu pela mansão tão rapidamente que mal tive tempo de registrar os quartos. Seus saltos ecoavam enquanto caminhávamos, e meus olhos percorriam cada porta aberta: o majestoso hall de entrada com uma grande escadaria, uma biblioteca com livros chegando ao teto e os cheiros e sons vindos da cozinha. Enquanto caminhávamos, Helen me contou uma breve história da mansão. Sua voz era uma mistura de guia turística superexcitada e professora rígida do ensino médio.

"A propriedade Carawell pertencia anteriormente à família Elliot. Foi construído em 1927 com reformas em 1940, 1977 e, mais recentemente, em 1995. O último Elliot remanescente, George Elliot, desperdiçou sua herança e foi forçado a vender. Nossa equipe ficou feliz em vê-lo partir. Victor Carawell é um homem muito mais adequado para se trabalhar. Ele e sua esposa nos tratam com justiça."

"Vou encontrá-lo esta noite?"

"Abril, espero que não. O Sr. Carawell está muito ocupado. Nosso trabalho é garantir que o trabalho penoso diário não prejudique sua carreira. Se você fizer bem o seu trabalho, terá uma interação mínima com ele. E ele irá compensar você de acordo."

Parte de mim ficou desapontada. Victor Carawell era recluso e conduzia seus negócios inteiramente em casa. Conhecê-lo pessoalmente e apertar sua mão teria sido exclusivo. Ainda assim, o tom e as palavras de Helen eram claros. Eu era apenas uma pequena parte no funcionamento da casa.

"A mansão tem duas alas, leste e oeste. A ala leste é onde o Sr. Carawell trabalha. Seus segredos comerciais devem ser protegidos, portanto, entrar na ala leste sem permissão é motivo para demissão."

"Não é permitido entrar na ala leste, entendi."

"Você passará a maior parte do tempo na ala oeste, que inclui a área de jantar, cozinha, sala de estar, suítes e alojamentos dos funcionários. Assim como na ala leste, você não pode entrar no quarto principal sem permissão. Ocasionalmente, o Sr. Carawell pode solicitar que jantares ou lanches sejam levados para lá.

"Onde vou ficar?"

"Nosso destino neste passeio. Há um anexo próximo aos estábulos para empregadas domésticas, mordomos e cozinheiros. Você terá seu próprio quarto para se retirar à noite. Tecnicamente, você está de plantão o tempo todo, mas distribuímos a carga de trabalho de maneira uniforme. Você tem liberdade sobre o anexo, que inclui cozinhas e área de lazer. Se precisar de alguma coisa, entre em contato comigo.

No final do corredor, uma grande porta de madeira dava para fora. Um caminho de cascalho conectado a um pequeno prédio que poderia abrigar dez ou vinte funcionários em estilo dormitório. Helen me avisou que a porta da mansão trancava automaticamente, mas eu teria uma chave e deveria reportar qualquer perda imediatamente. Pelo canto do olho, vi os estábulos e me perguntei se James estava trabalhando lá. Helen e eu entramos no anexo juntas.

"O anexo estará bastante vazio agora. Mostrarei seu quarto, onde você poderá desfazer as malas e se instalar. Voltarei com seu uniforme.

Apenas passos abafados e portas se abrindo ecoaram enquanto Helen me mostrava meu quarto. Não era luxuoso como a mansão, mas tinha itens essenciais: cama, escrivaninha, gavetas, armário e meu próprio banheiro. Helen saiu para pegar meu uniforme e eu apreciei a vista da mansão pela janela.

A floresta se estendia muito além do que eu podia ver. Pelo canto do olho, vi movimento numa janela superior. Um homem olhava para longe enquanto abotoava sua camisa branca. As pinturas que vi combinavam exatamente com seu rosto: o próprio Victor Carawell.

Mesmo àquela distância, sua presença era imensa. Seu rosto era jovem e juvenil, mas seu comportamento exalava poder. Seus olhos, frios e concentrados, sugeriam um milhão de pensamentos. Ele era convincente, um profissional em seu ofício.

De repente, seus olhos saltaram da floresta para o anexo, diretamente para mim. Entrei em pânico e pulei para longe da janela. Tanto para as primeiras impressões.

Desempacotei o resto das minhas coisas, evitando a janela. Helen voltou com meu uniforme e me incentivou a experimentá-lo. Era uma roupa fofa: saia de renda com babados, corpete preto e lindos laços rosa. Parecia distinto, mas também parecia uma fantasia de empregada de um filme pornô. Ainda assim, mostrou bem minhas curvas. Eu poderia me acostumar com isso.

"Como se sente, querido?" Helen perguntou através da porta.

"Está um pouco apertado na frente."

Ela fez uma careta. "Costumava ser meu."

Ops.

"Vou ver se consigo ajustar isso mais tarde. Começamos amanhã às 5 da manhã em ponto."

Talvez eu devesse não ter dito nada.

O Sr. Carawell e eu nunca nos cruzamos durante toda a semana. Eu me vi em quartos vazios, tentando ficar nas sombras enquanto limpava. Ocasionalmente, eu via de relance o Sr. Carawell ou sua esposa, muitas vezes seguidos por criados. Esses olhares casuais apenas alimentaram minha curiosidade. Nunca tive um emprego onde não conhecesse meu chefe. Queria cumprimentá-lo, entendê-lo. Mas ele era intocável, sempre acompanhado pela Sra. Carawell ou por uma assistente. Desde aquela primeira noite, ele nunca olhou em minha direção. Eu era uma sombra em sua mansão.

Capítulo 2

Durante minhas horas de folga, muitas vezes eu ia até o estábulo para conversar com James enquanto ele cuidava dos cavalos. Nós conversávamos sobre os dias um do outro, descontraíamos e relaxávamos com um pouco de cerveja para relaxar do ambiente chique. Eu tentei o meu melhor para arrancar dele mais informações sobre nosso chefe, mas James era igualmente ignorante. Ocasionalmente, ele contava fofocas que me deixavam obcecado.

"Você tem visto a Sra. Carawell ultimamente? Cid está me contando que está farta de Victor. Pode até haver uma separação.

Senti meu coração bater forte com a perspectiva de um único Sr. Carawell, embora minha mente continuasse me dizendo por que isso não significava nada. Fiquei confuso sobre por que me sentia assim em relação a um homem tão mais velho. Eu era formado na faculdade, sem dinheiro, com um rosto simples e pouco a oferecer a um homem como Victor. Se ele estava acostumado com mulheres do calibre da Sra. Carawell, não havia como eu comparar. Ainda assim, minha mente ficou louca com fantasias dele entrando no meu quarto tarde da noite e fazendo o que queria comigo. Não compartilhei meu segredo com James.

"Huh. Eu me pergunto se ela vai fazer isso antes do jantar de Lockheart. Todo mundo já está estressado."

"Esperemos que ela espere."

Eu esperava que ela esperasse também. Do amanhecer ao anoitecer, parecia que tudo o que todos falavam era sobre o próximo jantar na esperança de garantir uma nova conta para o portfólio do Sr. Carawell. Ninguém falou sobre os detalhes exatos do acordo, mas havia rumores de um bônus de mil dólares para todos os funcionários se a noite corresse bem. Não era exatamente dinheiro de caridade, mas ainda assim achei cativante o respeito dele por sua equipe.

"Eles estão procurando mãos extras no convés. Posso dar uma boa palavra a seu favor, se você quiser.

Ficar em posição de sentido durante o jantar e servir. Colocar guardanapos no colo. Reabastecendo taças de vinho. Eu poderia fazer isso!

"Oh, James, isso seria fantástico! Muito obrigado!"

Ao dar-lhe um abraço amigável, pensei no que significava aquela oportunidade. Eu ficaria na mesma sala que o Sr. Carawell durante uma noite inteira. De costas contra a parede e em silêncio, é claro. Minha mente julgou meu raciocínio. Mas meu coração batia forte de excitação. Talvez, apenas talvez, eu fosse notado em seus olhos.

James certamente falou bem de mim, e muito mais. Na manhã seguinte, Helen testou minha aptidão para servir. Felizmente, eu me acostumei com os saltos que usava no uniforme e consegui andar de maneira reta e concisa. Mesmo ao equilibrar cinco pratos (obrigado, trabalho de garçonete adolescente). O detalhe que Helen exigia era absoluto, desde meu queixo sempre erguido até a maneira como eu segurava minhas mãos enquanto esperava por mais instruções. Várias horas de treinamento depois, fui aceito no cargo durante a noite. Ainda parecia que fui aceito pela pele dos dentes.

No dia da festa, senti como se pudesse desmoronar a qualquer momento. Verifiquei meticulosamente minha maquiagem, meu vestido, meu cabelo, minha postura. E ainda assim, gostaria de ter mais tempo para me preparar. Quando chegou o dia 7, eu já estava alinhado com os outros garçons no refeitório. Cada par de olhos estava focado na porta de entrada. Abriu pontualmente às sete e quinze. Helen foi a primeira a liderar, seguida pelo Sr. e pela Sra. Carawell, que presumi serem o Sr. Lockheart e sua esposa, e vários outros homens e mulheres que presumi serem seus lacaios. Enquanto Helen apresentava o desenho de madeira nas paredes da área de jantar, fiquei esperando que a cabeça dele se voltasse em minha direção. Não tive essa sorte, embora o Sr. Lockheart tenha me dado um pequeno sorriso quando passou. Retribuí o sorriso da melhor maneira que pude enquanto seu odor corporal invadia minhas narinas.

Foi como uma dança sincronizada. Joguei meu tempo com os outros servidores a cada segundo; pousando os talheres, distribuindo a comida, acendendo as velas. Ao colocar o guardanapo da Sra. Lockheart, notei o marido dela olhando para o meu peito. Combinado com seu cheiro cada vez mais familiar de uísque e suor, suprimi a vontade de vomitar.

"Linda casa, Victor. Se o seu senso de negócios for tão bom quanto o seu senso de decoração, vejo um fluxo de receita muito brilhante em nosso futuro."

Rindo, o Sr. Carawell continuou sua venda.

"Certamente estou orgulhoso deste lugar. Embora eu não possa receber todo o crédito, temos uma equipe excepcional aqui na propriedade Carawell. Agora, entendo que você está propondo uma divisão reversa na Irvine Energy. Já vi esse padrão antes; os acionistas virão bater à porta sobre o seu valor..."

A conversa de negócios me entediava, então me concentrei na atmosfera. A Sra. Carawell não havia falado uma palavra desde que entrou e parecia estar evitando a todo custo a conversa do marido. Carawell estava claramente dominando a conversa, analisando meticulosamente cada ponto do plano de negócios de Lockheart. Mesmo com um grande prêmio em jogo, ele nunca se esquivou de ser brutalmente honesto. No entanto, ele nunca passou da linha crítica para a insultante. Eu podia ver por que ele era bom no que fazia. Lockheart ergueu o copo, indicando a necessidade de reabastecê-lo. Eu esperava que outro servidor ajudasse, mas o homem estava olhando diretamente para mim. Mantendo o rosto reto e prendendo a respiração, peguei a garrafa de vinho do bar e voltei para a mesa. Os olhos do homem me violaram com grande interesse. Lutei contra a vontade de fugir, concentrando-me em servir o vinho.

Meu rosto ficou frio quando senti a sensação repentina da mão do Sr. Lockheart subindo pela minha saia e apalpando minha bunda. Isso me assustou tanto que perdi o controle do vinho. Caiu das minhas mãos, espalhando-se por todo o seu traje. Você teria pensado que um tiro disparou com o quão balística Helen ficou. Em um segundo, ela estava gritando.

"Jovem April, você levará o Sr. Lockheart para a cozinha e limpará seu erro!"

Ela continuou se desculpando por algum tempo. Com o rosto brutalmente vermelho, esperei que alguém tivesse notado o que o pervertido havia feito. Aparentemente não. Em vez de indignação com ele, houve apenas decepção comigo. O garçom estúpido que derramou vinho no convidado importante. A graça salvadora foi que o próprio Sr. Lockheart não ficou indignado, em vez disso insistiu que foi um simples erro em relação às profusas desculpas de Helen. Olhei para o Sr. Carawell. Ele olhou para mim com olhos frios e severos.

Pelo menos finalmente fui notado.

A pia ficava nos fundos da cozinha. Minha mente ficou louca de medo. E se eu fosse demitido? Eu não tinha plano B. Pela primeira vez desde que me formei, não estava me preocupando com a origem do meu próximo salário. Se eu tivesse o suficiente para comprar comida para o mês. O medo de perder meu emprego superou o medo desse homem repulsivo diante de mim. Molhei uma toalha na pia e comecei a apalpar sua camisa. Minha mente estava tão distraída que nem percebi que estávamos fora da vista dos cozinheiros.

"Pronto, você cometeu um erro. Todos nós fazemos. Seu nome é abril?

"Sim senhor."

"É um nome muito bonito. Você tem um namorado?"

Os sinos de alerta começaram a tocar na minha cabeça. Eu me senti congelado no local, incapaz de decidir o que fazer.

"...Não acho que seja apropriado perguntar, senhor."

"Claro, você é um profissional. Vamos falar de negócios então. Querida April, você sabe por que estou aqui?

"Claro senhor. Para chegar a um acordo com o Sr. Carawell. Eu não poderia te contar os detalhes; as empregadas não se preocupam com isso."

"Você não é precioso? Por outro lado, duvido que Victor contaria à sua equipe. Veja, ele passou por tempos difíceis recentemente. Uma escolha um pouco ruim em investimentos. É claro que o público não sabe disso, mas está perdendo credibilidade. Ele é muito bom em esconder isso, mas precisa que pessoas como eu continuem pagando pela vida luxuosa que ele leva. O que me coloca, o parceiro de negócios, numa posição muito boa."

Senti sua mão em meu ombro. Olhando em seus olhos, me senti muito pequeno. Ele continuou a falar comigo.

"Para ser sincero, não tenho mais certeza se quero mais fazer parceria com Victor. Pelo menos essa é a decisão para a qual estou inclinado. Ele perdeu o controle. Não se pode mais confiar. Mas sou um homem compreensivo e posso ser persuadido. Você quer que seu empregador fique com meu negócio?

Balancei a cabeça silenciosamente. Meu corpo tremeu.

"Eu pensei assim. Você é muito bonita. Acho que você pode me convencer mais do que seu empregador jamais conseguiria."

"Senhor, eu..."

Ele agarrou meu cabelo com força, empurrando meu rosto para sua virilha. Cheirava pior do que o seu odor.

"Sem conversa. Vou simplificar. Você cuida de mim, vou garantir que Victor não perca esta casa. Se você recusar, eu não apenas garantirei que Victor perca sua casa, mas também garantirei que você perca seu emprego. Vou garantir que você nunca mais trabalhe como empregada doméstica. Não iríamos querer isso, não é, querido?

Sufocando as lágrimas. Cabeça suando muito. Minha mente sabia que deveria fugir, gritar, mas seu aperto em meu cabelo era poderoso. Para o inferno com meu trabalho. Eu gritei.

"SOLTE-ME!"

"Senhor. Lockheart, o que diabos está acontecendo?!"

Aquela voz. Virei a cabeça e vi o Sr. Carawell parado a menos de um metro e meio de distância. Seus olhos brilhavam com um fogo que eu nunca tinha visto antes.

"Ah, Vitor."

Quando estava deitado na cama, as lágrimas pararam. Minha mente era um turbilhão de pensamentos e emoções, e eu não conseguia me livrar do sentimento de vergonha e medo. Meu trabalho, meu futuro, tudo parecia tão incerto agora. Eu estava tão focada na ideia de impressionar o Sr. Carawell, de fazê-lo me notar de uma forma positiva, mas agora tudo parecia contaminado.

Uma batida na minha porta me tirou dos meus pensamentos. Limpei meu rosto e respirei fundo antes de abri-lo. Parado ali estava o Sr. Carawell, sua expressão severa, mas com uma pitada de preocupação em seus olhos.

"Posso entrar?" ele perguntou, sua voz mais suave do que eu esperava.

Balancei a cabeça e me afastei para deixá-lo entrar. Ele fechou a porta atrás de si e se virou para mim.

"April, quero me desculpar pelo que aconteceu esta noite. O comportamento do Sr. Lockheart foi completamente inaceitável e garanto-lhe que ele será tratado de acordo."

"Obrigado, senhor," eu sussurrei, minha voz tremendo. "Eu estava tão assustada."

Ele se aproximou, seus olhos suavizando. "Eu posso imaginar. Você mostrou grande coragem ao enfrentá-lo. Estou orgulhoso de você por isso.

Olhei para ele, surpresa com suas palavras. "Mas eu derramei o vinho e eu..."

Ele levantou a mão para me impedir. "O derramamento foi um acidente. O que importa é como você se comportou em uma situação difícil. Você não fez nada errado."

Suas palavras trouxeram uma pequena sensação de alívio, mas eu ainda sentia o peso dos acontecimentos da noite me pressionando. "Eu estava apenas tentando fazer meu trabalho. Eu não queria causar nenhum problema."

"Você não causou nenhum problema, April. Na verdade, você revelou o verdadeiro caráter de um homem com quem estávamos pensando em fazer negócios. Isso é inestimável."

Balancei a cabeça, ainda sentindo uma mistura de emoções. "Obrigado, senhor."

Ele me deu um pequeno e tranquilizador sorriso. "Tire o resto da noite para descansar. Nós cuidaremos de tudo a partir daqui. E saiba que você não está sozinho nisso."

Quando ele se virou para sair, senti uma onda de gratidão. "Senhor. Carawell?

Ele fez uma pausa e olhou para mim. "Sim?"

"Obrigado. Para tudo."

Ele assentiu, sua expressão séria. "De nada, abril. Boa noite."

"Boa noite senhor."

Quando a porta se fechou atrás dele, senti uma estranha sensação de calma tomar conta de mim. A noite foi um pesadelo, mas no final encontrei um aliado inesperado no Sr. Carawell. Eu me enrolei na minha cama, a exaustão finalmente me dominando. Apesar de tudo, senti um raio de esperança. Talvez as coisas ficassem bem, afinal.

Capítulo 3

Olhando para o teto com meu uniforme, os acontecimentos da noite se repetiam em minha cabeça como um disco quebrado. Fiquei grato por Victor ter intervindo para me resgatar, mas senti uma profunda vergonha por não ser capaz de resolver a situação sozinho. Nenhum trabalho valia a pena ser molestado. Mas e a declaração do Sr. Lockheart sobre Victor ser um hipócrita? Eles obviamente tinham uma história juntos. Que tipo de homem era Victor então? Que tipo de homem ele era agora?

Após cerca de uma hora de reflexão, decidi três coisas. Primeiro, nada disso foi minha culpa. Sr. Lockheart era um pervertido egoísta, e se eu tivesse o azar de cruzar com ele novamente, eu o chamaria ou o evitaria completamente. Segundo, eu precisava ser mais inteligente ao me colocar nessas situações. Eu tinha muita coisa em jogo neste trabalho, mas minha segurança era muito mais importante. Terceiro, o Sr. Carawell foi meu salvador. Eu precisava mostrar a ele o quanto estava grato por ele ter intervindo e provar que havia aprendido com a experiência e que seria mais obstinado no futuro. Eu não estava indefeso e não era um risco para sua equipe. Isso, é claro, presumia que ele não me demitiria imediatamente. As palavras de Helen depois que derramei o vinho ainda doeram.

TOC Toc. O momento que eu tanto esperava e temia havia chegado. Do outro lado da porta do meu quarto, o Sr. Carawell estava sozinho. Ele não tinha parado para se trocar depois do jantar, ainda vestido com seu smoking imaculado. Seus olhos tinham olheiras se formando sob eles, e sua roupa parecia desgastada e desgrenhada. As coisas ficaram violentas entre ele e o Sr. Lockheart? A maneira como ele se posicionava era imponente, como se estivesse pronto para repreender um animal de estimação. O clima que encheu a sala me disse tudo que eu precisava saber. Ele não queria lidar comigo agora. Ele provavelmente estava com vergonha de fazer isso. Quebrei o silêncio, esperando que a fidelidade inspirasse misericórdia.

"...Sinto muito, Sr. Carawell."

Ele silenciosamente apontou para a cama, fazendo sinal para que eu me sentasse. Obedeci, colocando as mãos no colo, os olhos solenemente apontados para o chão. O Sr. Carawell puxou uma cadeira e sentou-se bem na minha frente. Ele deixou o silêncio pairar no ar. Meus pulmões pareciam ter parado de funcionar. Levei toda a minha força de vontade para encontrar seu olhar desdenhoso.

"Abril, não é?"

Balancei a cabeça levemente.

"Já faz um tempo que não perguntei sobre alguém da equipe de Helen. Você é um recém-formado em Wesleyano em uma área não relacionada. Tragicamente incapaz de encontrar uma posição adequada, então você aceitou uma vaga aqui como ajudante temporário. Meu cavalariço indicou você, se não me falha a memória. Como foi sua primeira semana na mansão? Esmagador, tenho certeza.

Mais uma vez, mal consegui acenar com a cabeça.

"Você é uma raridade. A maioria das empregadas domésticas consideraria esta uma posição muito desejável. Alguns podem até considerar este um emprego dos sonhos; topo de linha para seu campo. Quando revisei as inscrições, eu deveria ter ignorado você. Pouca experiência. Sem referências. Apenas uma recomendação de um menino que passa os dias trabalhando com cavalos. E ainda assim, aqui está você. Servindo minha propriedade.

Onde ele estava indo com isso?

"Minha especialidade é prever tendências, April. Vendo potencial de crescimento. Superficialmente, são lucros, receitas. Mas é um presente que tenho utilizado durante toda a minha vida. Com amigos, colegas, relacionamentos. Descobri que, diante de uma decisão, meu instinto é melhor do que qualquer outra comparação. Através desse aplicativo, meu instinto viu você."

Aí vem. Como seu instinto estava errado desta vez. Como ele consegue escorregar ocasionalmente.

"Senhor. Lockheart optou por não usar meus serviços."

Prepara-te...

"April, a culpa é inteiramente minha. Fui contra meu instinto. Ele nunca deveria ter estado aqui em primeiro lugar."

Um peso enorme foi tirado de cima de mim em um instante. Encontrei seu olhar com olhos curiosos. Se ele não estava aqui para me repreender, por que ele precisava aparecer?

"Estou... estou feliz em ouvir isso, Sr. Carawell. Eu estava com tanto medo de ter estragado tudo."

"Senhor. Lockheart era um velho amigo meu. De outra época, antes de amadurecer. Lamento que você tenha sido comprometido, eu deveria ter agido antes."

Estendendo a mão, ele pegou minha mão na dele. Fiquei boquiaberto enquanto a eletricidade dançava nas pontas dos meus dedos.

"Senhor. Carawell... Posso fazer uma pergunta?

Ele assentiu.

"Você realmente já foi como ele? Ele chamou você de hipócrita..."

Suspirando profundamente, ele soltou minha mão e olhou pela janela.

Era como se suas próximas palavras fossem as mais importantes do mundo.

"Não estou orgulhoso de onde estou agora, mas estou ainda menos orgulhoso de onde estava. Sim, April, eu não era uma pessoa legal. Fui abusivo, desrespeitoso, terrível. Achei que era a normalidade desta indústria cruel. Bem, suponho que seja a normalidade. Como infelizmente você viu esta noite. Esses monstros se consideram intocáveis."

"Mas e você e sua esposa? Vocês eram realmente assim quando conheceram a Sra. Carawell?"

Rindo levemente, o Sr. Carawell continuou.

"Scarlet é como eles. Seguindo os rastros do sucesso, não importa o que a difamação implique. Há anos venho tentando me libertar. Mas, infelizmente, minha carreira é a única coisa à qual tenho tempo para me dedicar agora."

Suas palavras pareciam tão tristes. Num instante, minha atitude em relação a ele mudou de intimidação para pena. Eu não suportaria ver um homem tão poderoso em um estado de espírito tão íntimo. Ainda mais, eu não suportaria não fazer nada a respeito.

"Sr. Carawell... Posso fazer mais uma pergunta?"

Demorando a responder, o Sr. Carawell falou.

"Apenas um."

"Há algo que eu possa fazer por você? Além dos meus deveres habituais, claro. Você me salvou esta noite. Quero retribuir o favor."

Ele olhou para mim, uma mistura de surpresa e curiosidade em seus olhos. "April, você não precisa fazer mais nada. Sua segurança e bem-estar são o que importa. Mas se você realmente quer ajudar, seja você mesmo e continue fazendo o seu melhor aqui. É tudo que peço."

Senti uma calorosa sensação de gratidão e alívio. "Obrigado, Sr. Carawell. Farei o meu melhor."

Ele sorriu, um sorriso genuíno e caloroso que me fez sentir segura. "Bom. Agora descanse um pouco. Temos muito que fazer amanhã."

Quando ele se virou para sair, senti uma estranha sensação de calma tomar conta de mim. A noite foi um pesadelo, mas no final encontrei um aliado inesperado no Sr. Carawell. Eu me enrolei na minha cama, a exaustão finalmente me dominando. Apesar de tudo, senti um raio de esperança. Talvez as coisas ficassem bem, afinal.

CAPÍTULO 4

Houve um leve puxão em meu cabelo. Tirando seu membro com um leve estalo, movi minha cabeça novamente para satisfazer seu olhar. Tornou-se um pequeno fio de saliva descendo pelo meu queixo e um sorriso feliz no meu rosto. O Sr. Carawell me deu uma ordem simples.

"Mais fundo, April. Vá até o fim."

Ao olhar para o membro considerável sob meu queixo, duvidei que devesse fazê-lo.

"Senhor, eu ..."

"Sem palavras, April. Vá com calma."

As emoções correram através de mim. Duvido, dos meus próprios talentos. Medo de sua franqueza. Raiva, por seu desrespeito pelas minhas próprias emoções. O que ganhou todos eles se transformou em escolha. Garganta profunda nunca foi algo em que me tornei desejável. Chegou a hora de pesquisar. Que melhor hora para praticar do que agora?

"É claro, Sr. Carawell."

Olhando mais uma vez para o pau que eu estava chupando tão diligentemente, minha crença mudou. O que antes era caloroso e convidativo, agora parecia uma montanha para escalar. Um teste das minhas capacidades. Uma chance de ir além dos meus limites. Peguei seu pênis na boca e desci da maneira que deveria. Lentamente, suavemente. Tornou-se ainda mais eficaz no meio do caminho. Afrouxei minha mandíbula o melhor que deveria, fortalecendo meus músculos. Mas isso se transformou em tudo que eu deveria fazer. Mais uma vez senti os braços do Sr. Carawell na minha nuca.

"Relaxe, April. Não tenho dúvidas de que você consegue."

Para minha surpresa, ele começou a empurrar a parte de trás da minha cabeça. Com qualquer outro homem eu ficaria furioso. Mas não pude dizer não ao Sr.

Carawell. Em vez disso, tomei sua força como motivação e apoio para este empreendimento. Um problema incrível aconteceu. Senti o fundo da minha garganta aliviar. Tornei-me capaz de me rebaixar ainda mais. Tornou-se uma sensação incrível e gratificante experimentar seu pau atingir a parte inferior da minha garganta. Com as palmas das mãos como uma ajuda vigorosa, eu controlei cada centímetro de seu pênis dentro de mim. Fiquei assim por alguns segundos enquanto eu respirava pela narina. O Sr. Carawell acariciou meu cabelo.

"Boa mulher..."

Essa foi toda a assistência que tive que manter. Arrastando meus lábios ao longo de seu eixo, movi minha boca para trás até o topo de seu pênis. Sem sequer me arruinar, recuei ao máximo. Tornou-se menos complicado na segunda vez, depois que minha boca se soltou. Logo volto a uma velocidade frenética, chupando e lambendo com um desejo infundado. As reações do Sr. Carawell permaneceram as mesmas; leves afirmações de deleite, mas de comando comum. De certa forma, isso se tornou ainda mais para mim. Isso me fez experimentar usada, submissa. Como se eu fosse apenas um brinquedo para ele. Com outro homem eu teria achado isso degradante. Mas com o Sr. Carawell... fiquei orgulhosa de ser sua vagabunda.

Não houve cautela quando ele chegou aqui. Apenas um aperto maior em meu cabelo e o sabor salgado do sêmen descendo pela minha garganta. Eu estava trabalhando a cabeça com a língua quando isso aconteceu, então rapidamente levei todo o eixo até a cintura dele enquanto as cordas de esperma aterrissavam profundamente dentro de mim. Para ser sincero, nem assinei muito o gosto. Tornou-se minha responsabilidade encantar o Sr. Carawell, e não senti nada além de prazer ao fazê-lo ter orgasmo.

O Sr. Carawell me levantou pelo queixo depois de terminar. Eu comecei a respirar mais do que ele. Dando um sorriso, falei.

"Eu me saí bem?"

Ele sorriu.

"Oh, April. Ainda não terminamos. Na cama. Nas suas costas."

Eu esperava que ele pudesse dizer isso. Obedecendo diligentemente, deitei-me na cama enquanto ele tirava o cinto da calça no chão. A sensação familiar de desconforto desapareceu e rapidamente foi excluída da minha mente. Apenas presuma, eu me instruí. Há uma hora, pensei que poderia estar nas ruas. Agora eu estava me preparando para fazer sexo com um milionário atraente. E daí se ele fosse um pouco rude? Como evidenciado pelo quão molhado eu estava, eu estava participando do quão comandante e intimidador ele se tornou. Eu apreciei como ele recebeu o preço, como eu basicamente estava lá para ser usado em seu benefício. O sentimento se tornou libertador, de certa forma. Sem emoções. Sem sentimentos. Apenas relação sexual pura e crua.

O Sr. Carawell levantou meus dedos acima da minha cabeça; amarrando meus pulsos na cabeceira da cama junto com seu cinto. Eu murmurei e me contorci sedutoramente, ecoando meu desejo de ser fodida enquanto ele lentamente tirava a roupa com profissionalismo. Cada botão de sua blusa supunha mais um segundo que eu teria que esperar. A antecipação quase me matou. Finalmente, ele ficou nu, ereto e intrusivo comigo, avidamente. Já era tempo.

O mundo parou quando ele me penetrou. Arrepios iluminaram toda a minha pele. Senti cada centímetro de seu pênis deslizar para dentro de mim em um ritmo saboroso. O Sr. Carawell estava com os olhos fechados. Os meus estavam com os olhos arregalados, rolando para trás enquanto eu arqueava as costas. Parecia totalmente diferente de qualquer outro homem com quem estive. Algo sobre a rapidez da situação, o poder que ele exercia sobre mim, a circunferência do seu pau. Tudo isso se misturou a um sentimento tão feliz quanto à minha enorme frustração reprimida. Ele ficou assim por um tempo, o pau enterrado bem dentro de mim. Ele provavelmente desejava experimentar plenamente a sensação antes de seguir em frente. Eu não me importei.

À medida que seus quadris se moviam de um lado para outro, minha respiração também acelerou. Eu tive que ficar o mais quieto possível, havia outras empregadas e mordomos passando por aquelas paredes e passando pela minha porta. Mas à medida que seu ritmo aumentava, não pude deixar de gemer baixinho. Para frente e para trás, sentindo toda a duração do seu pau passar dentro e fora de mim. Houve um movimento muito particular com o qual ele começou a se desgastar. Ele atingiu a distância adequada antes de mergulhar de volta, controlando a respiração como um

corredor profissional faria. Assim que comecei a desejar que meus dedos não estivessem amarrados para poder esfregá-los em seu peito pesado e na parte inferior de suas costas, ele me beijou.

Mais especialmente, ele beijou meu pescoço. Enterrou o rosto no ponto crucial, mordendo suavemente. Enquanto a sensação mista de arrepios e cócegas se espalhava por meu rosto, o Sr. Carawell começou a acelerar o passo. Seus golpes não foram mais frios e calculados. Eles estavam ainda mais frenéticos, como se ele tivesse examinado as águas e agora estivesse cedendo à sua escolha. O calor que irradiava de seu corpo tornou-se poderoso. Sua respiração encheu minha orelha enquanto ele me fodia. Movi minha cabeça para um beijo em seus lábios. Quase como se previsse meu movimento, ele desceu a língua na direção do meu peito. Lambendo e chupando meus seios enquanto seu pênis perseverava para me preencher. Um pouco decepcionante, mas as sensações percorreram meu corpo como luminárias. Eu não pude evitar, meus gemidos ficaram mais altos durante toda a sala.

Em algum momento, enquanto ele se tornou confiante do alto, ele conseguiu desengatar o cinto dos meus pulsos. Eu nem percebi que meus dedos caíam até o travesseiro até que ele me desmontou. No meu peito, meu coração batia forte. A sala já cheirava a sexo. Olhando para o Sr. Carawell, seus olhos percorreram cada centímetro do meu uniforme de babados. Passei as pontas dos dedos por seu peito, brilhando com o suor de uma foda muito boa. Minha feminilidade doeu com o desejo de seu pênis. Alguns podem até dizer que se tornou doloroso. O Sr. Carawell sabia disso; a maneira como ele me examinou mostrou que ele amava minha expectativa. Ele adorou a provocação. Ele adorava ter esse controle sobre mim.

"Em cima. Agora."

Com uma pasta no pulso, fui arrastado para fora da cama. O Sr. Carawell sentou-se na cadeira, eu montando nele precariamente. Olhei nos olhos dele. Ansioso. Anseio. Queimando. Pelos seus olhos eu me sentia longe de ser o mesmo. Senti prazer em seus olhos. Poder. Desejo. Com a mão esquerda ele agarrou meu cabelo em uma única mecha. Enterrei minha cabeça em seu pescoço e me reduzi graciosamente. Minha saia derramou sobre suas pernas enquanto eu me empalava em seu pau novamente.

Isso se tornou uma sensação absolutamente única. À medida que cada centímetro entrava em mim, meus braços ficaram tensos, envolvendo seus ombros. Em meu ouvido senti o calor de sua respiração acariciar levemente. O Sr. Carawell posicionou as mãos em meus quadris, mas eu ainda consegui controlar o ritmo. Por agora. Mais alguns segundos e ele ficou completamente enterrado dentro de mim. A sala ficou em silêncio além da minha respiração suave. Peguei meus dedos e os posicionei em seus ombros, sentindo a energia de sua massa muscular sob as pontas dos dedos. Comecei a me mover.

Transformou-se em pinturas graduais antes de tudo. Meus quadris avançaram apenas o suficiente para manter a perspectiva correta. Apreciei a sensação dos meus seios pressionando seu peito através do tecido do meu uniforme. Então recuei, encostando minha testa no Sr. Carawell dentro do sistema. Sentir as exalações da nossa respiração se misturarem. De pé, suportei balançar para frente e para trás. Tornou-se um recurso totalmente novo para mim, mas o surrealismo do encontro ainda não me deixou desanimado. Tornou-se quase uma dependência; Eu simplesmente não conseguia parar. A cada olhar para o Sr. Carawell, quase sentia tédio por parte dele. Ele estava acostumado a sexo lento? Com essa ideia, eu trabalhei mais rápido para ele. Agarrando seus ombros com força, praticamente batendo nossos peitos. O orgulho que senti ficou ainda mais extremo e logo comecei a sentir o calor do momento mais uma vez. Mais rápido. Mais difícil. Mais apaixonadamente. Naquele momento, me senti como uma deusa sexual.

Mãos mais ou menos agarraram meus quadris. Parei por um segundo para observar o Sr. Carawell me observando. Ele ainda não estava feliz. Eu o senti bombeando por baixo. Houve apenas alguns impulsos antes que seu ritmo se tornasse frenético. Enchendo-me ao máximo, bombeando a uma taxa excelente. Não houve nenhuma maneira que eu pudesse querer conter os gemidos que inundaram a sala enquanto ele me fodia estupidamente. Com cada impulso, o Sr. Carawell movia meus quadris para cumprir suas ações. Eu não senti como se estivesse fazendo amor. Eu senti como se ele usasse meu corpo para seu deleite pessoal. Naquele segundo, naquela sala, a ideia me excitou imensamente.

Tudo aconteceu num borrão. Eu me enterrei em seus ombros enquanto sentia o aumento da minha feminilidade. Ele arranhou minhas costas com força, rasgando o uniforme em certos lugares. A cadeira balançou com tanta pressão que tive certeza de que poderia cair. Minha mente deveria prestar atenção à sensação de seu pau constantemente entrando em mim em um ritmo frenético. Eu não pude evitar.

"Estou chegando!"

O Sr. Carawell parou de empurrar. Comecei a moer novamente antes que ele envolvesse a mão em minha garganta. Não com força, mas com firmeza suficiente para impor a ideia que ele assumiu o controle. Levei um momento para registrar o que estava acontecendo.

"April, você não virá até que eu diga."

Balancei a cabeça, mesmo me contorcendo tanto quanto deveria. Mesmo assim, foi inútil. Eu não poderia desafiar o Sr. Carawell. Mesmo assim, com a mão dele na minha garganta, inclinei-me em seus lábios. Ele devolveu o beijo, mas sem entusiasmo. Como se eu tivesse jurado lealdade a ele; ele reconheceu minha submissão. Nossos lábios ainda travados, ele outra vez empurrou para dentro de mim. A maneira como ele tocou meu quadro tornou-se magistral. Dançamos à beira do meu orgasmo, negando-me alívio com segundos de sobra. Aguentei o máximo que pude. Meu corpo começa a tremer com a tensão. Eu implorei. "Oh, por favor, Sr. Carawell. Eu não aguento mais. Por favor, deixe-me ir.

"April, mesmo assim não lhe dei minha permissão. Ainda não fui executado com você.

"Ah... Ah! Oh, por favor. Não aguento... não aguento muito mais! Oh! Oh!" Suspirando, ele falou.

"Muito bem. Você pode vir.

No segundo que as palavras saíram de sua boca, senti uma onda de euforia se espalhar pelo meu corpo. Acumulou-se num êxtase explosivo que quase me fez tombar. O Sr. Carawell me agarrou para que eu me sentasse imediatamente enquanto continuava a bombear. Eu passei por todo o meu orgasmo antes que ele entrasse profundamente dentro de mim.

Ficou quieto depois. Nenhum sussurro abafado de voyeurs na porta. Nenhum murmúrio de perplexidade através das paredes. Apenas a respiração suave dos dois enquanto o sangue voltava às nossas cabeças. Minha cabeça descansou em seu ombro, olhando diretamente para seu rosto. O Sr. Carawell estava com os olhos fechados. Meditativo. Calma. Tornou-se quase romântico. Antes que seus olhos se abrissem.

"Eu quero me mudar.

Pegando-me e deixando-me de lado, o Sr. Carawell começou a acumular suas roupas. Enquanto ele os posicionava meticulosamente na parte inferior das costas, eu me perguntei.

"Sinto muito, eu simplesmente queria que isso ajudasse você... odiei ver você sofrendo assim."

Suspirando mais uma vez, ele falou.

"Não é aquele abril. Você não fez nada de errado. Sou eu."

Vestindo suas roupas em um ritmo quase profissional, ele aguentou.

"É como eu disse antes. Meu eu passado não se transformou em uma pessoa que eu queira trazer à tona."

"O que? O que simplesmente fizemos despertou alguma coisa em você?

O Sr. Carawell permaneceu em silêncio enquanto abotoava a camisa. Eu decidi pressionar o problema.

"Eu posso me controlar. Tudo o que acabamos de fazer, eu desejei. Então você quer ser um pouco dominante? Não há nada de errado com isso."

Ignorando minha pergunta, ele deu uma olhada rápida na réplica. Eu queria preservar o speakme. Mostre a ele que seu eu além se foi. Mas descobri que ele se tornou praticamente um estranho para mim. E por mais que eu quisesse, convencê-lo a sair do meu conhecimento. Por agora.

"Isso não vai acontecer mais. Quando virmos tudo diferente no dia seguinte, não haverá menção ao que aconteceu aqui esta noite. Fazer isso resultará em sua rescisão. Estamos entendidos?"

Eu balancei a cabeça.

"Você ainda está bem com o incidente com o Sr. Lockheart?"

"Sim senhor."

"Muito bem. Boa noite, abril.

E lá ele saiu da sala, deixando-me com um uniforme esfarrapado e com o corpo dolorido. Fui ao banheiro e me limpei, tentando desesperadamente dormir um pouco. Em vez disso, passei a noite observando o teto na escuridão. O que ele poderia estar escondendo? O que aconteceu com sua esposa? O que aconteceu com seu destino? Talvez eu descubra no devido tempo. Estaríamos gastando muito mais tempo juntos.

Afinal, eu me torno sua empregada.

O FIM

Milton Keynes UK
Ingram Content Group UK Ltd.
UKHW021131140724
445326UK00011B/371